KB075141

내 눈 속에 사는 사람

내 눈 속에 사는 사람

김정태 시집

체인지업
CHANGEUP

자서(自序)

오직 시간이
이루어 내는 것들이 있다.

수선화에 이어
곧 망울이 터질 왕벚나무 밑 정오

나의 모든 것인 J와
나를 모든 것이라 여겼던
내 어머니 문남순,

그리고 그리운 더 많은 이들의
이마 위에 이 시를 얹는다.

2024년 여름
김정태

목차

1부 사랑 아니면 그 무엇도 아니었던

2부 나의 아카이브, 바다

3부 천사는 아직 너무 어려서

1부

사랑 아니면
그 무엇도 아니었던

나에게 늘 필요했음을

평범한 진리 같은 오늘 내 하루가
가을 정령을 닮은 쓸쓸한 비와 함께
저 멀리 강물에 쓸려 사라지나니

나무의 풀의 진실한 냄새
귀뚜라미의 착실한 반복음에
코와 귀를 기울여 본다

바라는 모든 것이 합당할까
소박할까

사랑했던 기억도
그 사랑을 미워했던 분노도
이 시간만큼은 없어지는 것
없어져도 좋은 것

강이 보이는 동네
비 내리면 가을 오는 이 동네는
아직 사람들에게 발견되지 않은 계절이 있다

결심하고 방황하고
또 후회되는 것들이 떠오르지만
이 가을
질 좋은 트렌치코트 하나 사 입고 싶어

깊은 밤
내 등 기댈 수 있는 나무에게는 감사를
적막을 깨주는 풀벌레에게는 사랑을

온화한 발자국 보여준 그 모든 길
세심하게 들여다보는
오늘 여기

중학교 1학년

80번 버스 타면
사직동 미남로타리
아니, 멀어도 온천장이면
학생들이 거의 다 내렸다

부산대 지날 무렵
매콤한 최루탄 냄새 돌멩이처럼 차를 두드려
자동적으로 창문 닫게 하고
레미콘 공장을 지나
다시 빵집과 약국을 지나
지산간호대학 담벼락을 쭉 따라 올라가면
언덕 맨 위에 우리 집이 있었다

그 길에 나는
책가방만 한 시커먼 이스라엘 잉어가 있던
향어집 수족관 안을 오래 들여다보는 일이 좋았다

다 집에 가고 없는 토요일 정오
간호대학 등나무 쉼터에 매달린 스피커에서

박미경의 「민들레 홀씨 되어」 흘러나오면
하나도 안 틀리고 따라 부르며
오르락내리락했던 나의 동네

어느 날은 학교에 신고 갈 신발이 없어서
공장 다니던 주인집 누나의 새하얀
프로스펙스 운동화 구겨 신고 학교 갔다가
개 맞듯이 맞기도 했다

그리고 나는
너무 가난해서 사춘기가 안 왔다

부평동 카바레 부도나고
송도 혈청소로 피신했다가
또 그 정반대인 부곡동 끄트머리에 들어앉아
나는 너무 가난해서

큰형이 다니던 중학교에 가서도
나는 계속 가난하고
보잘것없고
키가 커지지도 않고
공부도 못하는
최악의 가난뱅이 학생
뒷산 끄트머리 바위에 앉아

아버지께서 읽어주시는 이광수의 『무정』을 듣다가
우리가 이 지경이 된 이유를 듣다가
책의 감동도 집안을 다시 일으킬 해법도
무엇 하나 제대로 듣지 못하고 돌아오면
주인집에서 키우던 누렁소와 참 많이도 울었다

그 누렁소 불법 도축으로 죽고
그때 그 누렁소 하루아침에 사라졌지만
나는 너무 가난해서 해줄 수 있는 게 없고
길게 휜 소나무숲을 동생과 내려가며
부잣집 얘기를 했지
부잣집 아들 얘기를 했지

이제는 없는 그 집,
온천장 삼계탕집에서 일당 오천 원 벌고 온 엄마와
약국에서 PM무좀약 사 들고
길이 아닌 길을 한참 올라야 했던 그 집

소와 함께 잠시 살았던 그때가
소의 목숨처럼 아슬아슬했던 그때가
1985년이니까

중학교 1학년

형에게

먼길을 돌아
비 내리는 숲길에 쓰러진 너는
수십 년 전
나와
피를 나누고
밥을 나누며
엄마 젖 밑에서 커 온 형제

그런 너는 많이 아프구나
나는 찢어지는 듯하구나
먼길을 돌아
숨소리도 약한 너는

기별도 없이 털이 빠지고
이별의 도장 손에 쥐고
그래
그래 내가 어떻게 해 줄까

어느 날의 저녁엔 앰뷸런스 타고

나와 주민 번호 뒷자리가
한 자리 다른 너를 병실에 눕혔다
네 속에서 타들어 간
외로움 덩어리를
의학적으로 확인하고

이런 식으로 확인 안 해도
우리는 괴롭게도 형제인데
살래
살고 싶제
살자
이래 돌고 돌아와도
품어줄 이 없는 새해지만
살자
그래 울어서 미치더라도
살자

축복해 줄 이 없는
그런 생이 남았더라도
너를 지게에 지고
산 움막에 넣어
내가 밥을 나르더라도
살자
발도 씻겨 줄게

옷도 사 줄게
약이 온몸을 돌고 돌아
제가 살아난 것처럼
살게 해 주세요

저와 비슷한 형이니까
저와 비슷한 형을 주셨으니까
신의 하수인이 되겠습니다

잠들고 잠들어
깨고 또 깨면
누가 봐도 형제야
울지 말고 형제야
우리 살자
그래 산다
우리는 오래된 형제
오래된 슬픔
형제야
깊게 쉬어라

그래 살자

다시 형에게

봄이
죽을 만큼 살아왔다
그래
너를 빼고
봄만 살아온 거지

엎드리고 싶다
이 세상 저 세상
가득찬 이별에게
엎드려 안녕을 고하라는
봄이 새파랗구나

아프게 등 두드리고
누워있던 그 자리는
지나올 때마다
벌건 불쏘시개 되어 가슴 태운다
미워 말고
그리워 말고
하늘 위 커다란 봄처럼

활짝 웃으며 날아가요

장손이자
큰형이자
밑으로 남동생 둘
여동생 하나
만 52세 짧은 생
봄처럼 간다
봄처럼 갔다

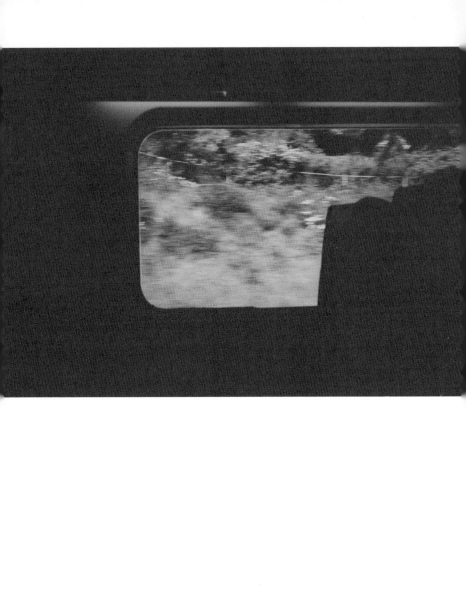

이 밤 그리고 내일 아침

이렇게 눈 뜨고 자고 나면
이 밤 새고 아침 오면
너와 나
보지도 듣지도 못하는 사람 되는 건
아주 쉽다 그치

우리는 함께 겨울의 밤을 올려다보았네
함께 밥을 지어 먹고
그러나 이별은 손을 떠나는 손처럼
항상 구겨진다 그치

이렇게 따뜻한데 이렇게 마음 녹는데
이렇게 너는 내 안에서 냄새를 피우는데
둘이 그냥 싹싹 비벼져
서로의 이마 위에서
별이라도 되면 좋겠다 그치
서로의 발밑 오가는
먼바다의 후렴구여도 좋겠다 그치

오륜대 소년원 근처
미루나무 꼭대기에 앉은 구름처럼
너와 내가 이렇게 가볍고
내가 「이름 모를 소녀」의 김정호 같을 때
너는 뭐 같을래
너는 아마 실바람 같겠다 그치

유리 같은 밤과 새벽
그리고 또 뭐가 있나
뭐든 다 남거나 떠나거나 그렇겠다 그치
우리고 남이다 그치
이 밤 아니면 내일 말이야 그치

After The Storm

드넓은 초원을 볼 수 있으리
제 할일을 다한 만족감을 맛보리

새로운 삶을 향해 조용히 읊조리고
젖은 손으로 편지를 띄우는 차가운 용기를 얻어
검소한 식사로 큰 배를 채우리

그리고 빗물에 닦인 길을
허리 숙여 걸어갈 것이다
여기, 여기가
어디였는지 꼼꼼히 기록하며

내 삶은 회색빛으로 말미암아
다시금 엄숙해지고
큰바람 불어오는 언덕 위
불빛에 아른거리는 사람의 말들을 아끼면서
아껴 가면서

이렇게 바람 불어

내 생이 꼭 한가운데로 내몰리면
다시 혼자로 남겠지만

그래도 평화롭게 가슴 쓸어내리는
폭풍이 지나간 모든 밤

통영

본 적 없는 사람들은 밀려오고
헤어진 사람들은 쓸려 갔지

터지는 파도
찢어지는 배창시*
끊어 먹고
썰어 먹고

등 푸른 바다 앞에
배 띄우고
배 기다리고
밤 되면
우리 모두 이미자와 남진 되는

숟가락 리듬과 색소폰 리듬으로
짠내 나는 반박자 빠른 이 밤에

부지런히
또
똑같이 바다를 밀었다 껴안는
통영

*창자의 방언

신선대 산복도로

신선대 주차장에 차 세워두고 쏟아지는 햇살 털며 신선대까지 올라갔다. 거기서 내려오면 천주교 공동묘지의 많은 비석이 보인다. 가족들과 친구들이 플란넬 셔츠처럼 회색 비석 멋지게 세워두고 오래오래 벗 되는, 그 길 사이를 걷다 보면 아직도 그 기억이 나는 것이다.

가난이 나를 멍하게 하던 그때, 나는 언제나 오묘해져서 아침과 밤을 삼교대로 번갈아 살면서 삶은 조무래기 손장난 같은 거라고 외쳤는데, 줄 그어진 주차장이 유일한 질서였던 한낮. 혼자 거길 걷기엔 어쩐지 기분이 야릇하기도 했다. 한 평 아니면 반 평, 공평한 죽음이 부러웠고 볕 뜨거워지면 죽음도 잠시 사라지는 정남향에서 서쪽으로 살짝 튼 공동묘지.

죽음을 염두에 두지 않고 살아가던 이들은 소록도 가기 전, 이 언덕 이 바람 용호동 끝에 모였다지. 대파와 토끼와 지렁이를 마구잡이로 쪼아대던 수탉과 흙내 나던 이별은 용호농장 쪽으로 더 내려가면 들리려나. 나에게는 십 년 전과 오늘이 한날 같아서 모든 기억이 솔잎처럼 뾰족하다.

눈부신 오륙도 앞. 저 멀리 회색 함선 두 척이나 가진
바다는 듬직하기도 하겠다. 바람이 불지 않아서 바람이
부는 것 같다.

구포역

떨리던 손이
나를 보고 웃는다

세상을 맨발로 지나온 마음을 가진
허름한 손
저기서
가까운 여기로
늘 손 흔들던 곳

새끼가 객지에서 몇 푼 번 돈
손에 쥐고 뛰어가던
즐거운 만남 있던 곳 아니냐

가난한 사람
외로운 사람
사랑이 사랑으로만
아픔이 아픔으로만 보인 그 손이
저기서 늘 나를 그리워하네

늘 나를 그리워해
오늘은 거길 지나온 내가
하루 종일 사람답지 못했다

못다 한 말과
더 나누었어야 할 행복이 남았기에

잊어라
이 사람을 모르는 사람들은

기억해라
이 사람을 아는 모든 세상의 순간들은

가여운 손이
온 마음으로 나를 흔들던
당신과 나 사이
열차와 열차 사이

계속 있는 사람

나는 이제 옛날 사람

기대되는 일보단
기억되는 일 더욱 많아
그 기억이란 것도 즐겁지 않으니
더욱 옛날 사람
세상이 버린 듯한 몇 번의 이별은
몇 번의 죽음과
몇 번의 탄생

섞이지 못한 기름 덩어리
물 깊은 세상에서
나는 늘 둥글게 둥글게 떠밀리고
힘 넘치는 세상에서
가득 찬 가난은
꼭 그만큼 자라난다

도망과 이별을
같은 것이라 여겼던 나는

사람이든 사랑이든
미안하기보다는 죄스러워
매년 코앞 한여름도
더운 것만은 아니다

지난날이
앞날보다 가깝게 느껴지던 하루하루
이른 장마에
칸칸이 비로 등을 메운 바다는
온종일 애꾸눈인데
오늘 만한 망루는 없다지

비딱한 하늘을 감시하던
그 옛날의 오늘아
내 사랑과
내 사랑을 위했던 나의 사랑은
진정 지나고 지나간
옛이야기 된 것이냐

아직 손끝 푸르고
보랏빛 노을 좌에서 우로 걸친 바닷길에
아직 노래 배우는
갯가의 고동의 큰 귀에
옛날의 옛날은 두둥실 달빛으로

다시 뜬다고 말했지

나는 몰랐다
아니다 알기도 하지만
그래도 아니다
옛날
옛이야기
옛날 사람

아직 여기다

마르고 젖는 동안

비,
바람,
해는 미래일 것이다
해는 미래의 것이다

잎사귀들 얼른 입 닫고

줄줄 모여든 빗물이여
이미 초라해진 얼굴이여
어제를 잊은 입가의 미소여
젖고 보면 별 수 없이
다 그렇고 그렇다

피할 수 없는 동등한 고난
같이 젖다 보면
같이 젖어 걷다 보면
판촉물 싸구려 우산의 어깨여
손이여
발이여

함께 세상에 내놓은 냉기여

비는 칼같이 발등에 머물고
젖겠지
다 젖겠지
그렇게 한참을 걸어가는
수면의 땅이여
온기의 실종이여
사람의 빗속
빗속의 사람
마르고 젖는 동안의
비,
바람

그리고 6월

비밀

창 열고
맹금류처럼 밤하늘 볼 때

사람
사람들 그리워질 때

창밖의 겨울
피운 지 오래된 난로처럼
말문 막혔던 겨울
그야말로 못 미덥고

하릴없이 마주 앉은 그 새벽
뒷머리 적시던 비
짧은 빗줄기에
새벽잠은 주섬주섬 떠나고
끄트머리에 매달린 과실 되어 돌아올
임시방편의 추억

그래 나는

불행을 조종했고
나는 불행을 탑돌이하듯 즐겼다

나의 비밀은 겨울을 못 버린
봄처럼 연애처럼
동지와 입춘 사이

그러므로 또 속삭였다
비밀로만 알 수 있는 나에게
밤과 어울려 다니는 바다에
또 생겨나는 나의 비밀을
누구가를 잃으면
그 대가로 붙던 비밀은
어쩌면 나에겐 이별일지도 모르지

그 이별들은 늘 비밀 되고
오래 두면 낱낱이 깨어날 싹처럼
생기 있는 비밀 되어

올려다본 밤하늘
비밀의 순간
이별의 그대들이
총
총총

여름이 아는 이별

옷 다 벗고
걸어가는 이 길은
이미 새벽길

손끝부터 슬프고
발끝엔 닿지 않는 땅

저녁과 밤
여지없이 부끄러워
나무와 풀만 보고

맨발에 닿는
초라함의 돌부리

두 눈 곧 감길 선잠 속
떠오를 추억의 안내자여
북극성과 은하수는
오늘은 드러나길 마다하고

헐벗어 부끄럽던
밤과 새벽, 그리고 찰나여

마음 갈라진 곳
뿌리째 솟을 행성들아
믿음들아 가시들아
너희는 이제 무엇으로
서 있을 수 있나

하루를 잘강잘강 씹으며
다 벗고 걸어갈

그해 여름과
무덥던 이별

진아

잘 살아야지 진아
집에 있는 돈 다 합쳐도
반지 값도 못 해주는 결혼식에
겨우겨우 돈 빌려서 하는 결혼식
그래도 잘 살아야지 진아

멀리멀리 떠나는 결혼이라
멀리멀리 두고 가는 결혼이라
다들 떠나려고만 하는 가족들이라
마음이 어지럽구나

결혼의 기쁨 노래하자고
함께 간 노래방
엄마의 약한 숨소리는
노랫소리보다 더 크게 들리고
더군다나 나는 또 눈물이 너무 나와
작은형 어깨 붙잡고 몸을 달달 떨었지

내가 사경을 헤맬 때

유학 관두고 양산 덕계 파크랜드에서
손에 독 오르도록 일하고도
하늘에 빌고 또 빌어주던 진아
네가 건강해야지
네가 잘 살아야지

결혼식 때
네 드레스가 꼭 엔카 가수 같아서 싫었지만
네 화장 톤이 시세이도 색조 화장 같아서 싫었지만
그래도 기쁜 날인데
내가 김치냉장고도 사주고
작은 소형차도 한 대 사주고
품질 좋은 핸드백도 하나 사줬어야 했는데
몇 푼 주지도 못하고 올린 결혼식에
오빠가 말이야
마음이 종이 쪼가리처럼 갈갈이 찢어져

그래도 진아
네가 결혼해서 건강히 잘 살면
너도, 우리 가족 운명도 바뀌지 않겠나

세상 하나뿐인 여동생 진아
아픈 가족 잊고
이제는 네 걱정만 하거라

또 다른 행복 만들거라
성공해서 돈 많이 벌면
편하게 살게 해 줄게

네 집 앞에서 힘차게 울던
개구리 떼에게도 얘기해 두었다
꽥꽥 울지만 말고
너와 네 가족 지켜 달라고 말이다

미안하다
드디어 행복하려무나
그립고 그리울
내 동생

진아

직립보행의 계절

3월은 모르지
겨우 짧게 피고 진 진달래 개나리
봉오리 날아간 3월은 모르는 거지

봄은 꽃보다 좀 더 기다리고
잎 넓어진 새순 투명한 지도 그리면
잎 속 자리잡은 봄은 비로소 안심하네

꽃 지고 없는 5월은
하루 세 번 흐리다
네가 없고
나는 있는

그래서 우리 멀 때
멀어져 갈 때
바다가 흐려도
봄은 봄이라서
걸어온다
지친다

다시 걸어온다

계속되는 5월의 봄
너 그리울 때
올 수 없어 그리울 때
마침 지쳐 가는 5월이라면

야, 저기 봐라
온전한 봄이 길 간다
아장아장 길 간다

2부

나의 아카이브, 바다

여수

그리운 일은
12월에 할까

미루고 미룬 과거
볕 좋던 오후에 털썩 앉아
풀피리 불듯
한가롭던 과거면
얼마나 좋을지

아직 입안 얼얼하게 만든
이름 몇 개의 낮과 외줄 타기

서글프기도 했다
그렇게도 미룬 과거와
또다시 이 쨍한 오후에라도
혼자 걸어 다니고 싶은 이상한 마음

두둥실 떠 가는 케이블카처럼
우리도 저렇게 쪼르르 매달려가기만 하면

줄줄이 달콤하게 살 수 있었을까

그리움은 밀리고 밀려
남도 끝자락에서
여기까지
그대가 줄줄이 따라오고 있네

바다와 물빛
밤과 불빛
낮과 햇빛
궐련 같은 추억 뻑뻑
함께 마시던 금단의 포도주
입가에 아직 묻어나
시퍼렇게 질린 겨울의 입술

우리는 이제 어디쯤일까
사람도 새롭고 하물며
미지근한 바다가 느긋하게 그리움 키우는데

곱창김 씹으며
높은 곳에서 낮은 곳으로
모두 다
이제 모두 다 떠밀려 오너라

그리움의 온전한 정체,
정체여

물결과 생채기

내 몰라도
저 바다는 알지
한낮
여러 군데 깨진 저 바다는 알지

지나온 밤들
나 또한 깨져
파도의 생채기로 작게 웃던 밤

내 몰라도
저들 사이에서
사진 속 패잔병의 앳된 애인처럼
서서히 잊히는 것도 좋지

이곳
여기 한참 서 있다 보면
꿈꾼 걸까

내 마음 유화처럼 외로워지면

다 내 앞에서 넘실대고

환해서 기억 같고
환해서 미래 같은
오후 바다

친구네 친구였네
두 손 쥐고
아무렇게나 서서

코펜하겐

그것은 나에게
손가락과 입술이 없는 답장

나의 과거보다 더 먼 소식
몇 년 동안의 침묵

그 침묵으로 환호를 키우며
출가를 기억하지 못하는
앳된 수도승의 눈매처럼
고요한 힘이 있었다

더 멀어진 소식이 저기쯤 달린다
무심하던 그 사람은
이제 막 오키나와를 지나고

이별의 장소에는 쓰러진 너와 내가
가로등으로
또 노래 몇 소절로 서 있다

저 멀리서 달려올 답장은
쉬지도 않고
처음 코펜하겐에 도착한
한물간 듀크 조단의 레퍼토리처럼
트리오로
듀엣으로
솔로로
다양하게 나를 맞이하는데
나는 일기예보 대신해서
그걸 듣고 앉았다

멜로디에 능숙한 코펜하겐의 하늘
너는 어쩌면 조숙하게 오고 있다
여기로
오늘과 내일의 하구언 같은 저녁으로
약속과 핑계의 미간 사이
바다의 혀끝 같은 오늘로
등대의 약속 같은 내일로

부지런히 오너라
돌고 도는 네 소식
돌고 도는 적도의 구애

문장에 담은 기술과

문장에서 읽히는 너의 눈동자

밀리고 밀려
잃어버린 유년의 기억 같은 너는
오키나와를 곧 지나
여기 방파제 앞에서
춤출 것이다

서커스의 제왕

사랑하고
또 사랑하는 일

봄은
밟힌 쑥처럼
사랑의 머리가 깨지는 때

사랑하고 사랑의 표를 끊고
사랑하고 사랑의 주인을 만나고

3월 한가득 퍼 올릴
세상의 샘물
세수하고 낮은 책상에 앉아
망각의 일기장을 위해
고백과 서커스를 연습해

차가운 벽과 마주 앉은
과거의 그대들아
쓰고 지우는 어리석음

낯설지 않구나

사랑하고
그 사랑 나를 볼 때
꽃잎에 숨은 그대들 그리워할 때
새롭고 무섭고
붉어지고 스며들어
어디론가 흘러가도
사랑하고 사랑했으니
이어지고 끊어졌으니

독백,
그리고 거울 속에서
못다 한 이야기 들었고
한동안 힘들었어도

더욱
사랑하고 그리워라
사랑하고 그리워라

그립고
먼 곳의

우리,

낮잠

점심 먹고
그러고
잠시 여행 다녀오마
편지도 없이
햇살에 녹는 새벽처럼
흔적도 없이 다녀오마

어느 오후
어린왕자의 달나라까지
소리소문 없이

내리는 이 비를
창밖에 차렷, 세워 두고

호사로운 여행일 거다
따라오는 이 없고
따라갈 이 없는

그러니 부러워 마라

그러니 따라오지 마라
머리부터 발끝까지
온기 돌면 돌아올 테니

웃음이 난다
웃음이 나

또 다른 세상으로
차원으로
여행 다녀오마

의식적인 잊음
의식적인 웃음

조용히 잠든 나를
조용히 지켜볼
어느 오후의 낮잠

신혼 1

하루를 두 번씩 살았다

내일은 오늘과 비슷하고
어제는 옥탑의 유배지에 갇힌 단명의 왕

폐간이 한참 지난
한 묶음 잡지처럼 살던 그때

마른 시멘트 벽 아래
낙엽처럼 주워 담지 못한 이야기
수북이 쌓여 발목 깨물던 그때

머리 위 작은 다락
아직 다 풀지 못한 짐들
달그락달그락 운명처럼 거슬리고
한참 들이치는 빗소리
세상이 파도처럼 쓸렸다 밀렸다
등대처럼 외눈박이로 키만 컸던 그때

그때 행복했을까
그때 슬펐을까

내 마음 움켜쥐고만 있었고
너는 이제 고슬고슬
밥을 막 잘할 무렵

신혼 2

바람이 밥 냄새 쥐고
한 고개 넘어가는 길목

옥상에 올라
먼 부두 바라보면
어딘가에 있을
그리고 멀리 있을 우리의 행복이
한참 걸릴 것 같아
말없이 앉아 저녁을 먹는다

밥 냄새는 규칙적으로 저녁을 부르고
규칙적인 그 냄새가
귀향의 조건이라는 듯이
저녁마다 서로를 가엾게 여기면서

너는 아들을 원했고
나는 이제 막 술을 배울 무렵

신혼 3

기껏해야 집 근처
동네 한 바퀴 도는 드라이브 코스
그 끝은 언제나
지대 높은 포부대 옆이었다

신자가 보이지 않던 작은 절 위엔
공평하게 달도 뜨고 별도 반짝였는데
그곳에 잠시 차 세워두고
한두 대 피는 담배에 잔소리 않는 네가
참 고맙기도 했다

가진 짐 없어도
저 멀리 제7부두 짐 홀로 진 것처럼
무겁게만 느껴졌는데
무엇 때문이었을까

생각하다 돌아오면
알루미늄 새시 소리에
부스스 잠 깨는 나와 너의 짐들

맥주 한 병 마시고
덩그러니 몸을 뉜다

그 빛나는 짐들
네 양옆에 달라붙을 무렵

신혼 4

비바람 불던 날
빨랫줄에 앉은 빗방울을 세던 우리
미셸 페트루치아니 몇 곡에
점심밥도 잊었지

쓸쓸한 가을이면
이 동네만큼 묵은 된장이며
막 버무린 냉동 가오리무침
그리고 붕장어 굽는 냄새와 어깨동무하고
우룡산 공원을 크게 한 바퀴 돌았다

유별났던 그해 태풍
힘겹게 견딘 낡은 방충망을
구석구석 드나들던 그 바람들과
기꺼이 가을의 잠을 자기도 했지

집 앞 구세군 교회와
그 바로 뒤 암자에서 들려오는
은총과 백팔 번뇌가

우리의 이부자리와 뒤섞이기도 했던 그때
우리를 구원해준 건 무엇이었나

나이 든 신랑 각시
신혼의 단꿈은 사라진 지 오래인
그 겨울 지나

다시 봄을 지날 무렵

범냇골 하동상회 셋째

혜원산부인과에서
일주일을 그냥 지켜봤다지

딸을 원해 절에 가서 기도도 했지만
몸이 약한 셋째가 태어나 버렸네

내가 왜 약하게 태어났는지 물어봤더니
아무도 구체적으로 얘기해주지 않았다

그러나 별나도 한참 별난 신랑 때문이라는 건
시장 쌀집 할매도
좀 더 들어가면 있는 방앗간 할매도
또 그 옆 집 오토바이를 말론 브란도보다
더 터프하게 타신 고모부도 알고 있었을 것

허약함의 특혜로 나는
여자친구들과 나긋나긋 놀았다
동성꽃동산 유치원에서 초년을 꽃피우며
계란말이 장조림 김치

반찬통 꽉 차게 들고 다녔네
형들과 여동생은
몰랐겠지 몰랐겠지

형들 학교 가면 고모네 다락방에 올라
우리 집에서는 도저히 볼 수 없는
프라모델을 요리조리 가지고 놀았다
놀다가 팔다리 떨어져 나간 미군 병사
티 안 나게 숨겨놓고
잽싸게 다락방 내려오면
고모부의 거친 서부 경남 사투리가 귀를 쏘았다

태욱아
밥 무라

아
생선 눈알 초롱초롱 큐빅처럼 박힌
생선 대가리 김치찌개 식사는
나를 거의 몬도가네의 세계로 안내해주고
식사가 끝나면 다시 집으로 넘어와
주류도매업 하는 집안 어른이 덧바른 시멘트가
잘 굳어 가는지 괜히 확인하고
쌀집 손자 괴롭힐 거리 두어 개 떠올리며
방으로 들어가는 거다

저녁에는 귤을 까먹다가
아버지가 소공동 롯데호텔에서 사오신
코끼리 난닝구 입고
윤수일의 「사랑만은 않겠어요」 따라 불렀는데
특혜 시비로 논란의 중심에 서 있던 나를
탐탁치 않게 여긴 형들

해지도록 온 동네 딱지란 딱지는
다 따고 들어온 두 형들과
산신님과 부처님의 100일 기도 합작품이라는
유일한 딸 명진이에게
엄마 양 옆구리, 두툼한 배까지 자리를 뺏긴 나는
결국 허벅지에 아무렇게나 머리를 대고 잠들었다

엄마 겨드랑이에 얼굴 붙이고
젖을 찾아 더듬으면
허약했던 일곱 살의 잠은
아직도 특혜 시비가 남아
돌아가신 지 한참인 지금도
이렇게 이렇게
특혜의 그리움이 남는 거다

광안리

그때 그 바다는
진짜 바다

바다처럼 넘쳤다

달아나도 푸르고
자라나도 어리던
진짜 바다야

맹렬한 한낮

한 걸음도 열 걸음
옛이야기처럼 느리고
하루를 돌에 새기듯
꾹꾹 누르며 말했네

한나절 추억이
집 몇 채 거뜬히 만드는
두터운 하루

드높은 하늘 밑
두 사람

손잡고
요기서 저기까지
걸어가요

쪼르르 달려와 발목을 쪼는
병아리 부리 같은 파도

나부끼는 바닷바람은
찾지 못하는 가족의 생이별을
낱낱이 밝히는 요술을 부리고

호탕하게 웃었지만
바다, 너는 모르지

잘 어울렸던 소라색 한복 입고
온 바다를 거닐 것 같은
세상 모든 걸 낳은 어머니의 어머니

우리는 행복의 짠맛을
혀끝 손끝으로 맛만 봤어도
여름 중의 여름을 보냈고

그 여름 바닷가에서
단둘이 찍은 사진이 기억의 흉터에 앉아
너무 커 버린 나를 넌지시 내려다보네

마주 보면 웃고
돌아서면 우는
나는 오늘을 껴안고 있다

높은 키와 낮은 마음
바닷물로 다 채운 눈동자

바다가 모르게
불쑥 키가 컸던 나의 1995년

멋있는 막내가 되고 싶었네
에쿠스 타는
멋진 엄마를 만들어 드리고 싶었네
꼭 안고
이 가난을 꼭 안고 가다 보면
우리가 빚 없이
다시 잘살 수 있을 거라고
엄마는 생각했는지 알 수 없지만
나를 믿고 인생을 들어 바친
그때의 당신은 무엇이었을까

짧았던 행복은 짧은 추억으로
되새김질하다 끝날 테지만
그리운, 또 다른 세상은 어디 있는지
또 어디로 가서 마침표를 찍는지

이 넓은 바다를 채운 그리움이
나를 잠재울 때
잠시 보러 오세요
등 두드리고 가주세요
이 깊은
이 그리움 가져가세요

어머니의 어머니로 남으셔서
멋진 세상을 배울 수 있게

좋아하시던 바닷길에
좋아하시던 조영남의 〈제비〉를 틀어드릴게요

그러니
두 손 모아
엎드려 모아
어떻게든 다시 태어나시길

우리가 함께할 행복의 행복과

피와 살이 섞인
사랑보다 위에 선 사랑이

드디어 그때 그 바다처럼
조금은,
조금은 일렁이게

조범을 듣는 밤

그대 그대로
오늘은 밤이 온다

기억 없는 이별은
문을 열고
기다려 읽어보라고

그대 그대로
10월에서 12월 되면
아니,
5월에서 8월 되면

볕 좋거나 비 온다고
빗방울 둥글게 웃었던
모든 날의 그대

바다에서 소년 된 나는
그대 걸어간 그 길 따라
머리 위 맴도는 해바라기 보았지

잔바람에 몸 둥둥 뜨고,
또 뜨거웠던 장미와 백합의 여자

그대 그대로
한낮 바위에 턱 괴고 앉아
저 바다 쪼개고 길 가는 갯바람처럼
조빔* 건반처럼 유능하게 웃어

그대 그대로
주인 없는 사랑의 주인공
해와 바다야
그리고 별의 친구야

모두 가지고 모두 버릴 수 있는
가득한 한낮이 어울리는

사계절의 숭배자로
미소의 행동가로
사랑의 수행자로

그대 그대로

*안토니오 카를로스 조빔 (Antônio Carlos Jobim, 1927~1994)

J에게

잠들기 전 머리맡에
조용한 가난이 있습니다

우리를 바라보는 세상의 슬픈 눈이
작은 길을 만들고
우리는 그 길을 걷다가
깊은 바다로 들어가곤 합니다

바닷속에서도 나는 땀을 흘립니다
근면한 공상의 노동을 합니다

말없는 말 오고 가는
추운 바닷속이지만
입술을 움직이며 웃어봅니다

참, 우리는 가난합니다
짐이 없는 가난입니다

그리고 우리는 조용합니다

수줍음 없는 조용함입니다

마침내 우리는 다짐합니다
품이 너른 세상과 만나게 되면
크게 손 흔들며 반기겠다고
반기고 말 거라고

이것은 J를 위한 것입니다
그래서 이것은 J를 위한 것이 아닙니다

녹슨 대문을 열고 J가 들어오는군요
늘 친절하고 배가 따뜻한 나의 J가
끝내 들어오고야 마는군요

앙각

남향의 바다
남향의 한낮

너는 누구였니
너는 여기로 걸어 다녔고
너는 저기쯤에서 떨어졌었지

내려보는 봄날은
올려다보던 겨울의 앙각
어린 꽃들과 풀들을 피해 걸어야지
손잡지 말고 먼저 걸어가야지
모르는 길을 익히면서

바다와 맞닿은 바람의 고향 앞
위태롭게도 서 있어 보았네

가슴팍에 밀려오는 중력 같은 바람에
휘청휘청 낯설지 않은 새파란 불안

입을 다문 너는 빨간 동백의 말 배우고
개나리 발 들어올려 노랗게 걸어 다니네

벚꽃
햇살에 녹아 돌아다니는 정오라면
너는 행복할 거니

목과 등에서 땀이 솟아오르고
빨간 홍조가 늘 그렇듯 자연스럽고
이쯤에서 너는
기억을 버린 이정표가 될 거니

빈 벤치에 앉아 짧게 쓴 엽서
돌고 돌아오면 조그만 집을 짓고
한밤의 디제이에게
한낮의 신청곡을 미리 보내고

시도와 시작이 가득한 시는
열 번씩 쓰기로 하고
한 번의 행운을 열 번씩 색칠하고

누구에게나 배우고
경청하며 손뼉치는

봄날
너의 봄날로
지금 걸어나가

너는 반송盤松되어 온다

봄이 징검다리 한걸음에 건너면
장벽처럼 앞을 막아서던 바람이며 사람이며
또 이런저런 우리들이 드러나네

시간은 시간마다
푹푹 창을 찔러 더 아플 오후
병아리 눈 뜨듯 잠시 하늘 맑겠다

제자리 돌아 한껏 모양낸 봄은
남의 새끼 배고 돌아온 암캐처럼
다 잊고 나타난 게 밉지만

한 번은 넘어가도
두 번은 오르고야 마는 옻이 되어
결국은 낭패인 계절

당해내지 못하는 너를
그때뿐인 너를
어찌 맞이해야 하는지

한적한 바닷가 반송盤松처럼
키 낮게 너는 오지만
역시 그때뿐인 묘한 한철

건너뛰고
건너뛰어

늘 똑같은
완전히 새로운

다른 여름

저녁 바람은
허기진 이방인이 되어
빈속으로 찾아온다

여름 한낮은
오래전 헤어진 사람처럼
잊어버리고 싶고

남긴 이름들 때문에 나는
한참이나 그늘 속에 앉거나 섰다
그 여름 속에서도
바쁘고 두려웠는데

또
그런 여름이었지만
지금은 다르다
손바닥 뒤집기다

모든 것은 변하고 잊힌다

밤낮으로 복습해도 잊힌다

해를 버린 찬바람
밤에 와 창을 밀면
찬바람과 창을 맞대고 선 채
모든 것을 잊는다

그래 그러지 마라
더 쉽게 부서지는 파도
그 여름은 이제
누구의 것도 아니니

지금은
그때처럼 여름이 아니라서
이제는 눈 감고
시간만 가라고도 해봤다

홀가분해질 거다
아침과 점심이
차례로 잊히고
곧 밤을 초대할
조용한 가을의 식탁

잊은 듯 새로운 듯

별이
어둠이
찬바람이
고봉으로 쌓여
배부른 만찬

그러니까
네가 나를 밀고 들어오는
낮고 기다란 밤

3부

천사는 아직 너무 어려서

큰애

신발만 신으면 쪼르르 달려와
아빠 빵 사러 가요

한 손에 승합차 들고
한 손에 포클레인 들고
아빠 빵 사러 가요

오늘도 내일도 가지 않을 빵집
몇 번 따라간 거길 기억하는구나

빵이 좋았니
빵집 가는 길이 좋았니

어쨌든 손잡고 볼 대고 가보자
고소하고 몽글한
어리고 귀한 마음

오늘밤 그 마음
달 대신 뜨면 좋겠구나

작은애

너를 기다리는 동안
우주는 잠시 쉬고 있으라

키 큰 나무와
그 곁을 지나는 등산객의 숨소리
이곳에서 너를 기다리는 동안
숲은 잠시 쉬고 있으라

웃음이 음표처럼 뒹굴던 우리의 저녁
잠든 너를 보며 우리는 비로소 깨어나고

너와 숨바꼭질할 때는
차마 숨을 수 없었지

내 발끝 보이게
내 옷자락 보이게

네가 나를 찾아서
네가 나를 껴안을 수 있도록

알고 있니
너를 기다리다 행복해지는 사람은
너와 함께 산다

살아간다

레지스탕스의 고백

아직 어린 자식이 둘이나 있는 나는
세상이 싫어 몇 년 유배 다녀온 나는
겨우 몸을 덥힌 채 퇴원한 나는
세상 물정 모르는 서생처럼 낮길 돌아다니며
흰 종이에 똥글이나 슥슥 써서
주막 벽에 걸어주는 한량 중의 한량이구나

아직 세상에 내려앉지 못하고
뜬구름 머리에 달고
봄날은 눈썹에 매달고
어린 자식 땀내가 한창일 이 백주 대낮에
이 고마운 푸르름을 리듬 앤드 블루스로 즐기네

세상을 반만 저항한 레지스탕스!

나는 나의 죄를 안다
장좌불와의 자세로
어린 자식 뒤나 봐주며 잘 살아야 되는데
또 그렇게 걱정하다 바라보는 이 하늘과 바다

꼭 돌봐다오
아홉 살과 일곱 살
곧 집에 뛰어들어올 거다

여기 밤비

미처 깨닫지 못한 것들의 징벌은
다 하늘에서 와

이렇게 세찬 비로
밤을 그어 놓는다
밤부터 시작해서
이 밤을 넘길 밤비야

너와 함께 저 바다도 이제
입을 연다

한동안 이 같은 밤은 없고
나도 이처럼 나만 남은 밤이 없고

세찬 빗줄기 밑에 겉만 젖었던 고백들
내 속내는 등대가 비추어도 말을 삼기지

찔리고 흘러가는 비야
강물이 바닷물 만나듯 신속히 흐르렴

한정된 고백과
참회의 기술이
이 밤 더욱 용이하고

온기 없는 봄날
아직 냉기를 못 버린 겨울에는
관심이 없었다

말 그대로 밤비야
손 앞에 부스스 뼛가루처럼
희미한 환영처럼
온데간데없고

내 곁에 당신은 남았나
꽃망울 터지듯
창에 머리가 깨지듯
너와 나 하릴없이 외로울 때
오늘은 세차게
그리고 비스듬히

보였다 사라지는
밤비

각자의 샤넬라인

깊은 밤
바다는 더욱 침묵에 이른다

부풀어 오른 바닷물
샤넬라인까지 무릎 젖었다 또 젖는 밤이면
우주의 성찰은
어리석은 인간들 머리 꼭대기에서 이루어지네

9월은 덜 익었고
10월의 바람은 그저 알려준다
11월의 침울한 소식을

성찰과 원망과 미움과 웃음거리가
한바탕 구름 속에 뒹굴다
이 밤 다시 또 소원해지는데

곧 서늘하게
한 잎 두 잎 오동잎
최헌의 목소리처럼 무겁게 구르고

구르는 잎사귀 밑으로 쌓일 11월 만남과
12월 긴긴 이별의 이야기들이여

비밀과 얘기하고
잊은 것들 다시 꿈꾸며
지난 일들과 지난 나를 함께 떠올려

손끝이 자주 물드는 여린 잎사귀 시절을
또 한 번의 우주처럼
위대하고 늙은 밤하늘 아래
차곡차곡

두 손 포개는 밤

후쿠오카 1

말없이 흐르는 강과 비교해도
그다지 시끄럽지 않더라

하카타역에서 저녁 8시쯤
걸어오다 보면
이방인의 한쪽 어깨에서 풍기는
옅은 사케 냄새

아무도 보살펴주지 않는 밤길이어도
그 마음 뉘일 숙소는 있어

다리 불편한 가이드는
작년인가 재작년인가 이혼하고
나는 그가 아무래도 안쓰럽지만
여기는 후쿠오카

아는 엔카 몇 곡
아는 라멘 가게 몇 곳

설익은 외로움
그마저 반갑네

후쿠오카 2

세련되게 외로운 것
참하게 혼자되는 것
떠나오면 알게 되는
참으로 하나인 나

작은 경차로 퇴근하는 길과
침묵으로 휴식하는 건물 모퉁이마다
하이쿠처럼 짧은 외마디 비명 들리는 듯
구석구석 눈이 가고
내 마음도 그냥 닿게 내버려 두네

이 친절한 도시를 묘하게 닮은 저 달
환락가 나카스의 핑크색 간판처럼
깜빡깜빡 불이 켜졌다 꺼지고
사람도 사랑도 지난봄 벚꽃처럼
우수수 피고 지는데

이 밤은 조총련 귀국선처럼 어둡고
이제 더 어두워지려고 하네

나는,
창가에 앉아 본다

심장보다 고마운

너와 손잡고 걸어가면
그 길은 시간이 된다

두툼하고 보드라운 네 손
내 심장보다 고맙네
흔한 매니큐어 하나 안 바른
동네에서 가장 예쁜 네 두 손

일이 없어 인생사 괴로울 때
그 보드라운 손 잡고
짭짤한 손칼국수라도 먹고 나오면
화창한 뱃길처럼 기분 다 풀리고
어린아이처럼 조용해진다

그러니 못 빌려주겠다
악수도 조금 어렵겠다
고와서 고마운 네 손
또 그걸 맞잡은 내 손

당신을 닮는다는 것

잠든 네 모습 바라볼 때는
내 눈이 내 것만은 아닐 터
보소
잘 보소
내 닮은 아들
당신 닮은 손주
가을볕 홍시처럼
이래 예쁘다

가슴에 끼우고
두 손에 쥐고 하루를 보낼
나와 당신 닮은 이 아이는
슬프게도 당신을 모르지만
당신을 가지고 있다

그 기억의 품에
이제 온기가 돈다
땀 맺힌 이마 새근새근 깊은 잠
겨울밤 길어 봤자

그 그리움만할까

이래 예쁘다 이래 예뻐
그 모습 그대로
나를 바라보셨을 눈빛
내 눈 안에서 이제 별빛 되셨네

아가들아
내 눈 속에 그 별빛 환해지거든
못 잊어 가슴 아픈 저세상 할미가 반짝
가난하고 미련한 할미가 반짝
아가들 그립다 보내는 편지
그립다 보내는 영원의 손길
잊지 말고
꿈길에라도
그 작은 손에 꼭 쥐고 오너라

수묵 水墨

내 육신 잠들 때
너를 향한 그리움도
나를 향한 위로도
아주 수고스럽게 해 왔음을 알게 된다

손톱만 한 싹
몇 방울 빗줄기에 몸을 세우던 오후

말없이 저녁을 보내온 내 모든 염려가
내 옆에 가만히 눕는다

이렇게 누워
나와 상관없는 밤하늘 바라볼 때

어쩌면 이 하루를
손에 쥐어볼 수도 있는 거겠지

우리는 지금 몇 시입니까

우연을 기다리는 일이
쉽고도 어려운 밤

인적 드문 역은
폐광처럼 어두워지고
각자의 세계를 핸들에 쥐고

그래, 이곳은 혼돈의
은하의 정거장

예고 없던 세상에서의 계획
온 세상 만만해지고
온 세상 피곤해지는 시간

획획 지나가는 가로등 불빛처럼
밤은 밝았다 어둡고
그 불빛 좋아서 마음은 가만히 있다

날숨 길던 바람

도로 타고 길 건너와
택시에 쭉쭉 찢어지고
모두에게 뚫려 있는
모두가 뚫고 가는 새벽의 길

어디로 가요
안 가세요
타세요
똑 떨어지는
질문과 대답은 나누어야지

칠십 초반, 혹은 그 너머
길 한 번씩 잘못 들어설 노년의 기사

1975년 최고 히트곡 「장밋빛 스카프」를
눈 감고도 부를 것 같은 노년의 기사

라디오에서 나오는 노래를
한 키 낮추고 한 템포 느리게 따라 부르네
초신자의 신앙고백 같네
조수석이 페이드아웃된다

노년의 기사와 혼숙하듯
택시 타고 가는 새벽길

헤어질 운명이라 덜 반갑고
헤어질 운명이라 더 반갑네

어느 정당 한 곳을
함께 지지하지 않으면
도착은 영영 없을 것처럼

어쨌든
어디 가세요 물어봐 주고
태워 줘서 고마워요
고독이 자경단처럼 몰려들 때
심야의 기사님 질주의 꿈 꾸네

그래서
지금 여기,
우리는 몇 시

동대신동 와병인 1

손목 끝에서
거짓처럼 맥이 잡혔다 끊어졌다

죽어서도 끊어지지 않는 우리
내가 아직 보잘것없어서

휘청한다
뱃속 비린내
뭍에 오른 푸른 이끼가
단단한 목에 한가득이다

밤바람 밤바다 같이 검고
비껴갈 수 없는 철조망
곧 내려질 것도 나는 알았지만
사람은 계속 슬픈 동물이라서
병원을 빠져나와 걷는 서녁
다들 집으로 가 숨는 저녁

신발주머니에 담은 약 뭉텅이

많이 아픈 건가
바람은 차갑고 눈은 멍한데
걸음 재촉해서 어디를 가야 하나
알코올 묻은 솜처럼
어디에 숨어들어야 하나

외로움도 사랑도 전이되지 않는
짙고 무서운 밤

기억과 미래를 더듬는 동안
살이 가늘어지고
뼈가 가늘어지고
간에 불덩이가 떨어진 거라며
약 봉투 들고 건너가기엔
조금 멀어 보이는 건널목 앞

파란불 점등되는 저녁

동대신동 와병인 2

이 정도면 알게 된다
쉽게 드나드는 여기 산 입구부터
완만한 저 산등성이에
겨울이 딱딱하게 자리 잡을 무렵

그러면 알게 된다
썩은 내 풍기던 상념의 넓은 잎
알뜰하게 영글었음을 나는 알고
너희들은 알 필요 없겠지

수술 동의서를 설명하는 의사가
고집 센 늙은 연출가 같아서
늑골 쪽이 아파 왔다

기역 자로 새겨질 배가
둘째 아이 배처럼 말랑해지면
죽음은 이제 무엇을 더 강탈해 갈 수 있을까

1203호

가지에 남은 잎들
손으로 똑똑 따내며

언젠가의 내가 누워 있다

동대신동 와병인 3

새벽이 비스듬히 올 때
선암사 어린 찻잎처럼 잠 깨었다

그리고 잠시 옛집을 떠올렸다
가난하고 고독하고 위험했던 집
떠올린 옛집에서 밥 먹는 내가 한 움큼 뽑혀
비스듬한 새벽 밑에 탈탈 털고
구덕산과 엄광산 중간쯤을 한참 쳐다보았다

좁혀진 등 밑 작은 깃털처럼
잠시 어깻죽지 가벼워져
아까 본 영도 불빛에 괜히 손 흔들 뻔했지

택시 승강장 근처 밤바람
서둘러 산으로 뛰어가 버리면
또 이 밤은 유행처럼 죽어갈 것이다

내가,
그래 내가 안 될 수도 있겠구나

겉옷 걸친 병실 밖의 밤

늙고 독거하며
비스듬하다

풍기

저 많은 산

버릴 것 남길 것
다시 보고

영글어
또 영그는 땅과
햇살은 이제 다섯 살
목 꺾인 길가의 코스모스는
아직은 가을이라고

아늑해서 낯선 카페
나는 외롭게 등을 맞댄다
나는 새롭게 너를 지우고
새롭게 너를 쓰고
다시 새롭게 너를 뱉는다

기억은
조용히 떠오르기

붉은 사과는
붉은 태양의 아들, 아들

죽은 이들의 죽음이
다시 생명이 되는 순환의 약속은
커피를 대하기 전에 이곳에 새기고

저녁과 밤 사이로
길게 비어 있는 길
온전히 나와 걸어야 하는
낯선 곳의

길,

트로트와 찬바람 소리
시장 어귀에서 들리던
길게 비어 있는

네가 떠난 고향과
내가 가야 할 집을 물어봤지

그들과 나의 죽음은
산처럼 변함이 없나

길게 비어 있는 길
혼자 감내하기 좋은 적막한 읍내를
몇 번이나 돌아봤던 용기는
주머니에 넣었다 뺐다

무엇을 주고받을지 정하지 못한 나에게
여기는 길게 비어 있는 길도 내어주고

잠시 머물다
영글거나 미루거나
뒷짐지고 맨발로

아직 한참일 삶은
너와 나의 것이 아닐지라도
길게 빈 영원의 길

한참 서서 보다
길 한가운데로 걸어나가는
밤 깊은 향 풍기는
추억의 사람이 되어
추억의 누구에게가 되어

묻고 묻어나
풍기 여기는

향 나는 추억의 꼭짓점

겨울은 곧, 시작

눈을 감고

오래전 노래가
입속에서
말을 건넨다

그 노래는
무엇이든 돌려놓는다

바다로 달아난
그 모든 긴 여행 같던 그리움
힘이 센 그리움

그리운 이는
하늘을 보며 그리워하고

해질녘
걷다 보면 알 수 있는
외로움과 그리움의 기묘한 균등

봄 같은 12월이 되면

하나둘 세어 볼 거다

그 하늘들
바다들
비들
그 속에 움튼 그리움은
겨울 산처럼 두텁게 장엄하고

슬펐다가 기쁜 감정은
가볍게 치졸했다

저기 저 먼바다
낮볕에 눈부시다
눈이 부시다

그래, 눈감고 또
그래, 눈을 감고 또

이렇게 삶은 시가 되고

해설

—

이렇게 삶은 시가 되고

박다솜 · 문학평론가

1. 너무 가난해서

김정태의 시에서 시인과 시적 화자의 거리는 아주 가깝다. 그래서 김정태의 시를 읽는 일은 한편으로 그의 삶을 읽는 일이기도 하다. 네이버에 '배우 김정태'를 검색하면 알게 되는 한 인간의 다기한 정보들—가령 그의 고향이 부산이라는 것이나, 그가 간암을 앓았다는 것 등—의 흔적을 『내 눈 속에 사는 사람』에서도 어렵지 않게 찾아볼 수 있는 것이다. 시인과 시적 화자의 이러한 상동성으로 인해 시집을 읽는 독자들은 때로 가슴이 먹먹해지곤 한다. 바로 이런 대목에서.

> 어느 날은 학교에 신고 갈 신발이 없어서
> 공장 다니던 주인집 누나의 새하얀
> 프로스펙스 운동화 구겨 신고 학교 갔다가

개 맞듯이 맞기도 했다

그리고 나는
너무 가난해서 사춘기가 안 왔다

— 「중학교 1학년」 일부

　「중학교 1학년」에서 시의 화자는 자신이 중학교 1학년이었던 1985년을 회고하고 있다. 시의 초반부는 화자의 하굣길과 동네 풍경을 묘사한다. 80번 버스에서 내려 집으로 걸어가는 길에 그는 "책가방만 한 시커먼 이스라엘 잉어가 있던/향어집 수족관 안을 오래 들여다보는 일이 좋았다"고 말한다. 학생들이 없는 토요일 정오, "간호대학 등나무 쉼터에 매달린 스피커에서" 흘러나오는 박미경의 「민들레 홀씨 되어」를 "하나도 안 틀리고 따라 부르며" 동네를 오르락내리락하는 평화로운 풍경은 다음 연에서 일순간 분위기가 전환된다. 다음 연에는 위 인용문이 이어지기 때문이다. 학교에 신고 갈 마땅한 신발이 없을 정도의 가난과, 결국 주인집 누나의 신발을 훔쳐 신고 갔다가 들켜서 개 맞듯 맞는 중학생 아이의 선명하고도 강렬한 이미지. 훗날 그가 자신은 너무 가난해서 사춘기가 안 왔다고 말할 때, 우리는 먹먹해진 마음으로 그의 말에 수긍할 수밖에 없다.
　이와 같은 가난의 정서는 사실 시집 전체를 관통하고

있다. 시의 화자가 "너무 가난해서" 겪지 않았던 것은 사춘기뿐만이 아니라는 말이다. 어른이 되어서 결혼을 한 이후에도 그는 여전히 가난하다. 2부에 수록된 「신혼」시 연작은 신혼에 대한 통념을 아프게 깨뜨리는 작품이다. 신혼여행을 '밀월여행'이라고 하는 것처럼 우리는 관습적으로 신혼을 '달콤함'이라는 단어와 함께 상상하곤 하는데, 김정태의 화자에게 신혼은 달콤하기만 한 시절은 아닌 듯하다.

네 편으로 구성된 「신혼」 연작은 화자가 자신의 신혼 기간을 회상하는 형식을 취한다.[1] 각각의 시편들을 구분하지 않고 한데 읽어보면 이렇다. 부부의 보금자리는 옥탑으로, 거기서 두 사람은 "폐간이 한참 지난/한 묶음 잡지처럼"(「신혼 1」) 산다. 채 풀지 못한 짐들은 걸리적거리고 옥탑의 얇은 지붕으로는 빗소리가 들이친다. 유별났던 어느 해 태풍에는 낡은 방충망 구석구석으로 바람이 드나들기도 했다. 옥탑은 방음도 취약해서 그들의 이부자리에서는 "집 앞 구세군 교회와/그 바로 뒤 암자에서 들려오는/은총과 백팔 번뇌"(「신혼 4」)가 뒤섞인다. 화자가 생각하기에 그들의 행복은 어쩐지 멀리 있어서 자신들에게 도달하기까지는 "한참 걸릴 것"(「신혼 2」)만 같다. 그래서 그는 신혼답지 않게 행복도 슬픔도 말하지 않은 채로 "내 마음 움켜쥐고만 있"(「신혼 1」)을 뿐이다. 그런데 이는 '너' 역시

---

[1] 「신혼 2」는 총 4연으로 이루어져 있는데 1-3연까지는 현재 시제를 사용한다. 하지만 4연에서는 다른 연작 시편들처럼 과거 시제를 쓰고 있으므로('너는 아들을 원했고/나는 이제 막 술을 배울 무렵'), 이 시 또한 과거를 반추하는 시점에서 쓴 것으로 볼 수 있다.

마찬가지여서 두 사람은 "저녁마다 서로를 가엾게 여기면서" "말없이 앉아 저녁을 먹는다"(「신혼 2」). 궁핍한 신혼부부의 데이트는 "기껏해야 집 근처/동네 한 바퀴 도는 드라이브 코스"(「신혼 3」)로, 그 끝에서 두 사람은 지대 높은 포부대에 올라 부산항 제7부두의 야경을 내려다본다. 정작 가진 짐은 없는데 "제7부두 짐 홀로 진 것처럼"(「신혼 3」) 삶은 무겁기만 하다.

　화자가 자언하는 것처럼 「신혼」 연작은 "신혼의 단꿈은 사라진 지 오래인"(「신혼 4」) 가난한 신혼부부의 적막한 일상을 그린다. "나는/너무 가난해서 사춘기가 안 왔다"(「중학교 1학년」)라는 문장은 「신혼」 연작을 통해 '우리는 너무 가난해서 밀월이 없었다'로 변주되는 것만 같다. 신혼을 '부부가 서로에 대한 사랑을 주체하지 못해 꿀이 뚝뚝 듣는 시기'로 정의하는 것이 우리의 통념이라면, 이들 부부의 신혼은 서로에 대한 애정으로 고단한 삶을 간신히 견뎌내는 시기에 가까워 보인다. 다른 시편 「신선대 산복도로」를 겹쳐 읽으면 이는 보다 분명해진다. "가난이 나를 멍하게 하던 그때", 나는 천주교 공동묘지를 보며 한 명당 "한 평 아니면 반 평"만 차지한 "공평한 죽음"을 부러워한다. 가난은 삶을 지독하게 불공평한 것으로 만들기에 화자는 많아야 겨우 반 평 차이 나는, 그래서 비교적 공평해 보이는 죽음이 차라리 부럽다고 말한다. 그러나 죽음이 가장 원치 않는 방식으로 올 때, 그것은 그저 새로운 고통을 낳을 뿐이다.

2. 떠나는 사람들과 덩어리진 아픔

형 연작이라고 부를 수도 있을 「형에게」와 「다시 형에게」는 52세의 나이에 병으로 운명을 달리 한 큰형에게 전하는 마음이 담긴 작품이다. 「형에게」의 화자는 자신과 "주민 번호 뒷자리가" 겨우 "한 자리 다른" 형의 몸 안에서 "타들어 간/외로움 덩어리"를 "의학적으로 확인"한다. 시의 화자는 형에게 말한다. "축복해 줄 이 없는/그런 생이 남았더라도/너를 지게에 지고/산 움막에 넣어/내가 밥을 나르더라도/살자/발도 씻겨 줄게/옷도 사 줄게" 이어지는 말은 신을 향한 애원이다. "저와 비슷한 형이니까/저와 비슷한 형을 주셨으니까/신의 하수인이 되겠습니다" 화자의 애끓는 심정을 담은 「형에게」는 "그래 살자"로 끝난다. 그러나 애석하게도 형은 끝내 화자의 곁을 떠난 듯하다. 이어지는 시편 「다시 형에게」는 "장손이자/큰형이자/밑으로 남동생 둘/여동생 하나/만 52세 짧은 생/봄처럼 간다/봄처럼 갔다"고 말하며 형의 죽음을 정식화하고 있다.

형이 죽음으로 화자의 곁을 떠났다면 여동생은 결혼과 함께 먼 곳으로 떠난다. 「진아」는 갓 결혼한 여동생을 생각하며 쓴 시다. 동생의 결혼을 축하하며 행복한 앞날을 기원하는 시임에도 「진아」가 마냥 밝지 못한 것은, 「신혼」 연작에 드리워져 있었던 가난의 그림자가 여전하기 때문이다. 시의 화자는 "세상 하나뿐인 여동생"의 결혼을 축복하며 김치냉장고도, 소형차도, 핸드백도 사주고 싶지만, "겨우겨우 돈 빌려서 하는 결혼식"에 가난한 오빠가 해줄 수 있는 것이라고는 "아픈 가족 잊고/이제는 네 걱정만 하"라는 말뿐이다. 게다가 여동생은 결혼과 함께 타지로 이사하는 모양으로, 화자는 "멀리멀리 떠나는 결혼이라" "다들 떠나려고만 하는 가족들이라/마음이 어지럽구나"라고 말한다. 「형에게」와 「다시 형에게」, 「진아」는 모두 도저한 가족애를 구체화한 시편인 동시에 결국 김정태의 시적 화자를 떠나는 가족들의 모습을 그려내고 있다.

한편 시집의 3부에 실린 「동대신동 와병인」 연작은 화자의 투병을 소재로 한 작품이다. 「형에게」에서 확인했던 형의 외로움 덩어리는 「동대신동 와병인 1」에서 화자의 간에 떨어진 불덩이와 겹쳐진다. 아마도 시인의 간암 투병 이력을 소재로 한 듯한 이 연작은 화자가 병을 진단받고 수술을 거쳐 투병하는 과정을 고스란히 담아내고 있다. 연작 1편에서 화자는 이제 막 병의 존재를 인지한 것처럼 보인다. 그는 "신발주머니에 담은 약 뭉텅이"를 "들고 건너가기에" 어쩐지 삶의 건널목이 조금 멀어 보인다고 생각한다.(「동대신동 와병인 1」) 2편에서는 "수술 동의서를 설명하는 의사"에 대한 단상을 거쳐, 수술 이후 "기역자" 모양의 흉터가 배에 새겨진 채로 1203호 병실에 누워 있는 화자의 모습이 다뤄진다.(「동대신동 와병인 2」) 회복 중인 어느 새벽, 잠이 깬 화자가 병실 창밖을 내려다보는 정경이 3편의 시적 소재다.

정리하자면 『내 눈 속에 사는 사람』의 화자는 "너무 가난해서 사춘기가 안 왔다". 또 그는 너무 가난해서 신혼의 단꿈을 꿔본 적도 없다. 그와 꼭 닮은 형은 52세를 일기로 그의 곁을 떠났고, 하나뿐인 여동생은 가난한 결혼식 이후 먼 곳으로 이주했다. 뿐만 아니라 그는 수술이 필요한 큰 병을 앓기도 했다. 요컨대 김정태 시의 화자는 가난하고 아프고 이별한다. 그렇다면 이 시집이 담고 있는 것이 슬픔의 정서라고, 고난으로 점철된 어떤 삶이라고 단언해도 될까? 그럴 수 없는 것은 자꾸만 돌아오는 사람들이 있기 때문이다.

3. 어떤 회귀

형과 여동생의 경우처럼 이별이 직접적으로 형상화된 시는 없지만, 시집을 읽다 보면 우리는 시적 화자가 어머니와 이별했음을 알 수 있다. 「광안리」에서 화자는 "멋있는 막내가 되고 싶었네/에쿠스 타는/멋진 엄마를 만들어 드리고 싶었네"라며 회고하다가 "이 넓은 바다를 채운 그리움이/나를 잠재울 때/잠시 보러 오세요/등 두드리고 가주세요/이 깊은/이 그리움 가져가세요"라고 말하며 돌아가신 어머니에 대한 그리움을 토로한다. 광안리 바다를 채울 정도의 넓고도 깊은 그리움으로 화자는 어머니가 "어떻게든 다시 태어나시길"(「광안리」) 염원하고, 이런 애절한 마음은 다른 시편 「당신을 닮는다는 것」에서 시적 광휘의 순간을 창안하기에 이른다.

　3부를 여는 두 편의 시 「큰애」와 「작은애」를 통해 시집의 화자에게는 두 명의 아이가 있음을 알 수 있는데, 「당신을 닮는다는 것」의 화자는 둘 중 한 아이의 잠든 모습을 바라보고 있는 참이다. 그런데 지금 이 순간 그의 아이를 바라보고 있는 것은 화자 자신만이 아니다. "잠든 네 모습 바라볼 때는/내 눈이 내 것만은 아닐 터", 돌아가신 어머니가 당신의 눈과 꼭 닮은 아들(화자)의 눈을 통해 자신의 손주들을 보고 있다. 닮은 눈으로 엄마는 아들이 보는 것을 볼 수 있다. 당신을 닮아 "가을볕 홍시처럼" 예쁜 손주들을 볼 수 있다.

　　이래 예쁘다 이래 예뻐
　　그 모습 그대로
　　나를 바라보셨을 눈빛
　　내 눈 안에서 이제 별빛 되셨네

　　아가들아
　　내 눈 속에 그 별빛 환해지거든
　　못 잊어 가슴 아픈 저세상 할미가 반짝
　　가난하고 미련한 할미가 반짝
　　아가들 그립다 보내는 편지
　　그립다 보내는 영원의 손길

잊지 말고
꿈길에라도
그 작은 손에 꼭 쥐고 오너라

— 「당신을 닮는다는 것」 일부

　사랑이 가득 담긴 채로 "나를 바라보셨을" 어머니의 눈
빛은 "내 눈 안에서 이제 별빛"이 되었다. "내 눈 속에 그
별빛 환해지"는 반짝임의 순간들은 "가난하고 미련한 할
미가" "아가들 그립다 보내는 편지"이자 "영원의 손길"일
거라고 화자는 말한다. 이 시를 통해 우리는 시집의 제목
인 '내 눈 속에 사는 사람'이 화자의 어머니임을 알 수 있
다. 어머니는 돌아가셨지만, 어느새 되돌아와 당신과 똑
닮은 내 눈 속에 기거하신다. 어머니는 이렇게 다시 태어
나셨으니 「광안리」의 소망은 일면 성취되었다고 볼 수 있
지 않을까.
　게다가 어머니는 나에게만 돌아와 있는 것이 아니다.
"나와 당신 닮은 이 아이는/슬프게도 당신을 모르지만/당
신을 가지고 있다"라는 구절을 통해 알 수 있는 것처럼 어
머니-화자-아이 삼 대는 그들이 공유하는 유전적 형질
로 인해 닮은꼴의 얼굴을 가졌다. 말하자면 어머니는 이
미 자신의 손주에게도 돌아와 있는 것이다. 시의 화자는
자신의 아이들에게 "내 눈 속에 그 별빛 환해지거든" 할
미가 보내는 편지라고 생각하라 말하지만, 어쩌면 화자가

자신의 눈 속에 어머니가 살고 있음을 자각한 것은 어머니와 자신을 닮은 아이의 얼굴을 보았기 때문일지도 모르겠다. 가난한 할미는 지금 여기에 없지만 아들인 나의 눈에, 그리고 손주들의 눈에 살아 있다. 아이들이 내 눈 속에서 반짝이는 별빛으로 할머니와 만날 수 있는 것처럼, 나 역시 "당신을 가지고 있"는 아이들의 눈빛 속에서 어머니와 만난다. 그러니 아이에 대한 사랑을 고백하는 문장, "알고 있니/너를 기다리다 행복해지는 사람은/너와 함께 산다//살아간다"(「작은애」)를 나는 시의 화자에게 되돌려주고 싶다. '알고 있니? 너를 기다리다 행복해졌던 그 사람은 너와 함께 산다. 네 눈 속에, 아이들의 눈 속에 살아간다.'

한편 시집에는 눈빛이 아니라 몸으로 돌아오는 사람도 있다. 「J에게」에서 시의 화자와 J는 가난하고 조용하다. "잠들기 전 머리맡에"는 "조용한 가난이 있"고, 두 사람은 "짐이 없는 가난"과 "수줍음 없는 조용함" 속에서 살아가고 있다. 'J'는 이 조용하고 가난한 삶 속으로 여지없이 돌아온다. "녹슨 대문을 열고 J가 들어오는군요/늘 친절하고 배가 따뜻한 나의 J가/끝내 들어오고야 마는군요". 집에서 J를 기다리던 화자는 어쩌면 그가 돌아오지 않을 수도 있다고, 가난을 떠나 달아날 수도 있다고 생각했었던 것은 아닐까. "끝내 들어오고야 마는군요"라는 문장에는 그런 두려움과 반가운 마음이 복합적으로 담겨 있다. '내게 돌아오고 싶지 않을 수도 있을 것 같아, 정말 돌아오지 않으면 어쩌지.'하는 화자의 주눅 든 마음을 뚫고 J는 끝내 돌아오고야 만다.

"말없이 앉아 저녁을 먹"(「신혼 2」)던 가난하고 과묵한 신혼부부의 이미지를 공유한다는 점에서 「J에게」는 「신혼」 연작과 포개어 읽을 수 있다. 그렇다면 'J'는 가난한 신혼 생활로 돌아오는 사람, "폐간이 한참 지난/한 묶음 잡지처럼 살던"(「신혼 1」) 삶으로 거듭 돌아오는 사람인 셈이다. J가 돌아오길 선택한 일상 속에서 두 사람은 때로 함께 음악을 들으며 끼니를 거르기도 한다. "비바람 불던 날/빨랫줄에 앉은 빗방울을 세던"(「신혼 4」) 가난한 신혼부부는 점심밥도 잊은 채 함께 미셸 페트루치아니를 듣는다. 빗소리가 들이치는 낡은 옥탑방, 허기도 잊은 채 함께 음악을 듣는 신혼부부의 처연한 낭만적 풍경은 깊은 여운을 남긴다. 이 장면을 상상하노라면 J의 굳건한 회귀를 이해할 수 있을 듯도 싶다. 궁색하고 고요한 그들의 삶 한가운데에는 사랑이 놓여 있었던 것이다.

지금껏 살펴본 회귀의 주체들은 「자서」에서 구체적으로 언급된 사람들이기도 하다. "나의 모든 것인 J와/나를 모든 것이라 여겼던/내 어머니 문남순"(「자서」). 그들은 기어코 돌아온다. 이 회귀가 가난과 아픔과 이별의 정서로 찰랑이는 이 시집을 '슬픔'이나 '고난', '불행' 같은 표현으로 단언할 수 없게 한다. 그들은 끝내 돌아오고, 시집의 화자는 그들과 함께 행복했던 것이다.

4. 온 삶의 시학

시집을 닫는 시 「눈을 감고」는 "오래전 노래가/입속에서/말을 건넨다//그 노래는/무엇이든 돌려놓는다"라고 말한다. 사실 이 시집에서 독자들의 눈길을 사로잡는 것 중 하나는 시적 화자의 음악 애호다. 미셸 페트루치아니가 신혼부부의 그윽한 사랑을 구현한다면, 조빔은 그대를 생각하는 마음을(「조빔을 듣는 밤」), 어머니가 "좋아하시던 조영남의 제비"(「광안리」)는 어머니에 대한 화자의 그리움을 들려준다.

가난과 이별과 투병. 인생이란 이름으로 이 모든 것들이 닥쳐오는 와중에 김정태의 화자는 음악을 듣는다. 뿐이랴. 예쁜 옷도 사 입고 맛있는 음식도 먹는다. "결심하고 방황하고" 후회하다가 문득 "질 좋은 트렌치코트"[2]를 사 입고 싶어 하는가 하면, 인생사가 괴롭다가도 당신과 "손 잡고/짭짤한 손칼국수라도" 사 먹으면 "화창한 뱃길처럼 기분"[3]이 다 풀리기도 한다. 그는 떠난 사람들을 애타게 그리워하고 되돌아오는 사람들과 힘껏 사랑한다. 어쩌면 인간이란 이런 식으로밖에 살아갈 수 없는지도 모른다. 티 없이 말끔하게 행복한 삶도, 아주 작은 기쁨도 없

---

2 "결심하고 방황하고/또 후회되는 것들이 떠오르지만/이 가을/질 좋은 트렌치코트 하나 사입고 싶어"(「나에게 늘 필요했음을」)

3 "일이 없어 인생사 괴로울 때/그 보드라운 손 잡고/짭짤한 손칼국수라도 먹고 나오면/화창한 뱃길처럼 기분 다 풀리고/어린아이처럼 조용해진다"(「심장보다 고마운」)

이 내내 불행하기만 한 삶도 불가능하다. 행불행(幸不幸)의 가차 없는 교차만이 우리의 삶일 거라고, 그럴 수밖에 없을 거라고 김정태의 시는 말한다.

일찍이 김수영 시인은 "시작(詩作)은 '머리'로 하는 것이 아니고 '심장'으로 하는 것도 아니고 '몸'으로 하는 것이다. '온몸'으로 밀고 나가는 것이다. 정확하게 말하자면, 온몸으로 동시에 밀고 나가는 것이다."라고 말한 바 있다. 『내 눈 속에 사는 사람』은 김수영의 '온몸의 시학'을 '온 삶의 시학'으로 변주한다. 우리 인생은 아주 기다란 장시 같아서 그 안에는 기쁨도 슬픔도 아픔도 이별도 만남도 모두 들어 있다. 그러니 시인이 온 삶으로 밀고 나가 쓴 이 시집에서 그 모두가 포착되는 일은 어쩌면 자연스럽다 하겠다.

그렇다면 삶이 시가 되게 하는 것은 무엇일까? 삶은 어떻게 시가 될 수 있을까? 조탁한 문장으로, 각색된 감정의 표현으로 삶이 시가 되는 것은 아닌 듯하다. 외려 우리의 삶은 매 순간 이미 시다. 그러므로 이 사실을 믿는 사람, 즉 삶이 시라고 굳게 믿는 자의 눈과 손에 의해서만 삶은 드디어 시가 될 수 있다. 삶에서 시를 보는 눈, 삶을 시로 쓰는 손. 『내 눈 속에 사는 사람』을 김정태라는 한 개인의 고유한 사적 역사인 동시에, '시'라고 말할 수 있다면 바로 이런 이유에서일 테다. 이렇게 삶은 시가 된다.

박다솜 2019년 《동아일보》 신춘문예에 문학평론이 당선되며 작품 활동을 시작했다. 제1회 〈고석규신인비평문학상〉을 수상했다.

내 눈 속에 사는 사람

1판 1쇄 인쇄 2024년 7월 1일
1판 1쇄 발행 2024년 7월 10일

지은이 김정태
발행인 김형준

책임편집 박시현
디자인 design ko
사진 Sam&Jino(샘앤지노)

발행처 체인지업북스
출판등록 2021년 1월 5일 제2021-000003호
주소 경기도 고양시 덕양구 삼송로 12, 805호
전화 02-6956-8977
팩스 02-6499-8977
이메일 change-up20@naver.com
홈페이지 www.changeuplibro.com

ISBN 979-11-91378-56-6 (03810)

체인지업북스는 내 삶을 변화시키는 책을 펴냅니다.